물음표에서 느낌표까지

물음표에서 느낌표까지

펴낸날 2025년 5월 1일

지은이 김 설
펴낸이 주계수 | **편집책임** 이슬기 | **꾸민이** 이해린

펴낸곳 밥북 | **출판등록** 제 2014- 000085 호
주소 서울특별시 마포구 양화로 156 LG팰리스빌딩 917호
전화 02- 6925- 0370 | **팩스** 02- 6925- 0380
홈페이지 www.bobbook.co.kr | **이메일** bobbook@hanmail.net

☾ P.S 미래시선 12

물음표에서
느낌표까지

김 설 시집

'순간'

살아간다는 건 바라보고 깨닫고 느끼는 순간들을 차곡
차곡 쌓아가는 게 아닐까 생각합니다.

그 순간을 글로 남길 수 있다는 것, 그리고 그 글이 누군
가에게 울림을 준다는 건 더없이 행복한 일입니다.

어릴 적부터 마흔 살이 되면 내가 살아온 이야기가 담긴
책을 낼 거라고 다짐했었습니다. 어떠한 구체적인 계획을 세
웠던 것은 아니지만 막연하게 그 꿈을 간직하며 살아가고
있었죠.

마흔이 넘고 막연함은 막막함이 되었습니다.

먼저 용기를 내어 나를 보았습니다. 그리고 천천히 들여다
본 감정들을 적어냈죠. 나를 바라보던 눈은 나의 가족, 나의
사람들, 나의 주변으로 점점 시선을 넓혀갔습니다. 막막한
순간을 기록하고 찬찬히 관찰한 후 시로 적어내며 조금씩
표현을 걷어냈습니다.

몇 년이 지난 지금, 글을 쓸 수 있을까 하는 물음표는 시집이라는 느낌표가 되어 제 손에 들어왔습니다.

순간의 감상과 감정을 놓치지 않고 글로 남길 수 있음에 감사드립니다. 그리고 저의 시를 통해 느낌표를 가슴에 품는 분이 있기를 바라며 지금 시를 읽고 계시는 당신의 순간에 감사합니다.

차 례

제1부

빙수와 빙하의 상관관계

I am back

「사내강사 모집공고
○○명, 관련 자격증 및 경력 우대
관련 근무 10년 이상」

회사 일이라면 맡겨진 업무 이외에는
절대 하지 않겠다고 다짐했다
제대로 된 평가는 고사하고
평가절하에 만년 과장의 처지가 딱해
스스로 다짐한 일이다

그렇게 단단히 마음먹었던 다짐이었건만
공고 하나에 가슴이 요동친다
이래서는 안 된다고
그동안의 설움을 잊었냐고
머리가 아무리 마음을 타일러도
한 번 요동친 가슴은 잠잠해질 기미가 없다

마음먹은 생각을 들고 다시 협상에 들어갔다
그렇게 당하고 또 회사에 열정을 들인다는 건
바보 같은 일이 아닐까
가슴 뛰고 설레는 일을 해야 하는 게 아닐까

이번엔 절대 기대하지 않겠다고,
좋아하는 일을 즐기기만 하고
결과에 연연하지 않겠다는 다짐을 받아내고 나서야
협상이 끝났다
공고에 지원서를 제출하고 돌아서는 길
마치 사랑하는 사람과의 데이트를 앞둔 순간처럼
마음이 설렌다
내가 나답게 돌아왔다

마음 정원사

"고마워"
작은 것에 감사할 줄 아는 너의 말에
내가 더 고마워

"사랑해"
존재 자체가 사랑인 너의 귀여운 입에서 나온 그 말에
마음에 온기가 살아나

"보고 싶어"
당장 달려가 줄 수 없는 안타까운 마음에
그리움이 솟아나

"최고"
아무것도 아닌 일에도 항상 최고라고 말해 주는
그 말에 어깨가 으쓱, 콧대도 오똑
정말 최고가 되는 것 같아

"엄마"
세상에서 처음 나를 향해 불러 준 그 말에
온몸에 소름이 돋고 가슴이 뜨거워지는 것 같아

너의 모든 말들은
마음에 뿌리를 내려 따뜻하고 예쁜 꽃이 되었어
그 꽃은 어느새 꽃밭을 이뤘고
난 미소 가득한 꽃송이가 되었지
넌 언제까지나 나를 가꾸는 마음 정원사란다

One more time

한때는
주말이면 까만 선글라스에
예쁜 와이프 옆에 태우고 드라이브를 즐기는 남자였다

한때는
나무 꼭대기를 맨손으로 오르고
산을 마음껏 뛰어다니던 무한 체력의 사나이였다

한때는
가족들과 여행하며 맛있는 음식을 먹고
행복한 추억을 만들기 위해 노력하던 가정적인 아빠였다

한때는
집안의 기둥이자 주춧돌로
아내와 아이들의 고민과 결정에
꼭 필요한 든든한 가장이었다

그러나 지금은
떨리는 손, 어색한 걸음걸이로
예전의 모습들은 찾아볼 수 없는 노인의 모습만 남았다
내게 가장 멋진 위인전을 보여준 당신의 한때는
나를 키운 팔 할의 햇빛이었다

지구를 들어 올리는 방법

이곳에 정착한 지 10년
그를 보아온 지도 10년이 되었다

아침 8시
그가 나타날 시간이다

종량제 봉투 하나와 집게로
거침없이 정리를 시작한다

강변에서 밤새 젊음을 이야기하던 맥주 캔,
더위를 달래주던 음료수병,
텁텁함을 달래던 껌 종이까지

그가 지나간 자리는 다시
새로운 이야기를 맞을 준비를 한다

손에 든 마대가 가득 채워지지 않고도
그의 마음이 흐뭇함으로 채워진다면
지구는 한결 가벼워질 것이다

삶의 훈장

삶의 고단함을 잘라낸다
잘라내고 잘라내도 슬그머니 다시 생겨나서
걸을 때마다
발바닥이 너무 아프다

어릴 적
아버지가 잘라내는 굳은살을
신기하게 바라봤던 자리에서
딸아이가 바라보고 있다

그때는 미처 알지 못했다

잘라내고 잘라내도 생겨나는 굳은살이
우리 가족을 먹여 살리는
아버지의 아픈 새살이었다는 것을,

퇴근 후 구두를 벗으며
아버지의 흔적을 더듬는다
내 굳은살이 쌓일 때마다
딸의 키는 자라고 있다

빙수와 빙하의 상관관계

점심식사를 마치고 카페에 앉아
팥빙수를 시켰다
얼음 광산에서 캐온 얼음 위에
인절미 젤리 과일 팥 알갱이가 토핑으로 덮고 있다

히말라야의 만년설에 붉은 비가 내린 것 같다
수억만 년의 빙하가 숟가락이 닿자마자 녹기 시작한다

원시림이 사라지고 굴뚝마다 매연을 내뿜는 동안
바닷물의 온도는 올라가고
하늘의 온도마저 이성을 잃었다

세상이 모두 제정신이 아니다
별빛은 점점 멀어지고
강물은 점점 뜨거워진다
팥빙수가 녹은 자리엔 정체불명의
건더기만 가득하다
가슴이 서늘해진다

Size Up

유니폼 치마가 또 터졌다
이번엔 회생불능이란다
아무래도 한 치수 Size Up을 해야 하나 보다
이미 해야 한다는 걸 알고 있음에도
받아들이기 싫은 마음에 모르는 척했지만…
이젠 정말 받아들여야 할 때다

다른 사람이나 나에 대한 마음의 사이즈는
항상 키우고 싶어도 쉽게 되지 않는데
원치 않는 허리 사이즈 Up은
왜 이리도 쉬운지

나날이 늘어나는 허리 사이즈만큼
마음의 크기도 쉽게 Up 되면
참 좋겠다

귀여운 훼방꾼

시상이 떠올라
그 느낌을 잊지 않으려고 글을 쓰고 있으면
어느샌가 옆자리를 잡고 앉아 그녀도 쓰고 있다
그리고 몇 분 지나지 않아 자신이 쓴 글을 보라고 재촉한다
내가 시를 쓰고 한 번 들어보라고 읽어 주면
이에 질세라 그녀도 자기 시를 읽는다
내가 쓰면 그녀도 쓴다
내가 읽으면 그녀도 읽는다
결국 웃음이 터져
처음 시상은 온데간데없고 웃음만 가득하다
이번 시도
사랑하는 딸의 웃음소리로 완성되었다

겸직

누군가는 말한다
욕심쟁이 과시꾼이라고
모르는 소리
그저 거절을 못 하는 사람일 뿐
달콤한 말에 속아
거짓 감정호소에 속아
조여 오는 압박에 못 이겨
하나둘 맡아온 것들이 산더미같이 쌓여
역할 감옥에 갇혀 버렸다
정신을 차리고 본 나의 손과 발에는
여러 개의 족쇄가 나를 옭아매고 있다
이제는 선택해야 한다
열쇠를 찾아 풀고 나갈 것인가
족쇄에 순응하며 살 것인가

독거노인

주택가를 지나 외딴집
문을 열면
고약한 냄새가 코를 지나 심장까지 파고든다
외로움을 달래려 하나둘씩 채운 물건들은
집을 집어삼킨 지 오래다
켜켜이 쌓인 외로움이 뿜어내는 냄새는
외로움이 곪아 터진 냄새와 뒤섞여 마음까지 저릿하다
저 문을 열고
새로운 공기를 들이고
사람의 온기로 채워야 한다는 건 알고 있지만
다시 생겨난 빈틈으로 돋아난 외로움이
나를 삼켜버릴까 두렵다
오늘도 인기척 하나 없는 이곳에서
나의 손을 잡고 함께 할 누군가를 기다린다

잘 살았죠?

수줍게 건넨 그녀의 손엔
단발머리 소녀 그림이 그려있는 책이 들려있다
가만히 보니 글쓴이가 그녀다
70을 바라보는 평범한 할머니가 자서전을 쓴 것이다
내세울 것 없는 삶이라 부끄럽지만
나에게 보여주고 싶었다고 한다
찬찬히 읽어본 그녀의 글은 투박하지만
묵묵하게 살아낸 평생의 흔적이었다
난 가만히 그녀에게 다가가 꼭 안아주었다
그리고 그녀의 물음에 답했다
잘 살았다고,
버텨주어서 고맙다고,

정태균

핸드폰 단축번호 1번,
이름 내 세상
존재만으로 힘이 나는 사람이 옆에 있다는 건
참으로 행복한 일이다
그런 그가 내 옆에 있다
배신과 상처로 더는 아프기 싫어
마음에 단단히 채웠던 갑옷을
스스로 내려놓도록 도와준 사람
나에 대한 배려와 사랑을 있는 그대로 느끼게 해 준 사람
나보다 나의 마음을 더 잘 다독이는 사람
그와 함께한 시간들은 달콤한 꿈같아서
깨어질까 불안한 시간을 지나
어언 14년,
나도 그에게 그런 존재였기를 간절히 소망한다

물음표에서 느낌표까지

내 삶을 이루는 구성요소는 물음표에서 시작한다
말을 처음 배울 때처럼
문장을 구성하기 위한 첫걸음도
물음표로 시작한다

세상엔
문장부호 같은 사람이 많다

자신의 이름을 알리는 일에 의미를 두기보다는
빛과 소금처럼 꼭 필요한 사람이
늘어나야 살만한 세상이 되는 게 아닐까

내 아이들이 살아가야 할 세상은
끊임없는 물음표로 시작해서
가슴 설레는 느낌표로 끝났으면 좋겠다

불만 제로

각자의 역할을 해내야
세상은 돌아간다
자신의 역할은 제대로 하지 않으면서
남 탓하고 불만만 잔뜩 쏟아낸다면
세상이 어찌 돌아갈까
커플 자전거 한 대를 두 사람이 타고 가려면
각자의 페달을 열심히 밟아야 한다
자기 역할은 하지 않고
상대방 때문에 힘들다고 불평만 한다면
한 걸음도 못 나갈 것이다
부족한 상대방만 탓할 시간에
자신을 조금 더 움직이면
불안도 사라지고 말 것이다

꽃송이들에게
– 이태원 '핼러윈데이' 참사를 기억하며

얼마만의 자유로운 축제인가
형형색색 꽃송이를 따라
나비들이 모이기 시작했다

그러나 한순간,
작은 날개 위에
거대한 태풍이 몰아치고
골목의 정원을 휩쓸었다

자유를 갈망하던 159의 나비는
생명의 불빛을 잃고
화려한 꿈도 사라지고 말았다

허공 속이
텅 비었다
나비는 다시 오지 않았다

꽃길

횡단보도 신호를 건너는 일이
이렇게 힘든 일이었던가
열 걸음도 걷기 전에 신호가 바뀌고 말았다
집 앞 백 미터가 천리 길 같다
횡단보도를 건너는 할머니,
열 걸음 떼고 숨 한번 쉬고
또 열 걸음 가다 숨 한번 쉬고
30초면 건널 길을
그렇게 삼십 년처럼 겨우 건넜다
저렇게 한 세기를 걸어왔을 것이다
그리고 마지막 걸음이 멈추는 날
민들레꽃 송이 곁에 버선 한 켤레 벗어 놓고
나비처럼 누워있겠지
나는 아직 건너갈 길이 많이 남아 있는데,

제2부

기다림의 미학

시가 되는 조건

관찰하고 생각하고
쓰고 고치기를 수십 번
겨우 찾아낸 문장들은 끝내 길을 잃었다
그가 빨간 펜을 들고 안내를 시작한다
그의 눈끝과 손끝은
나의 머리와 마음속을 다녀오기라도 한 걸까
그가 그린 표식은
이번에도 이정표 없는 길을 지나
내 가슴에 도착했다

운, 나는 나를 믿는다

오늘도 완벽하게 살아내지 못했다
그럼에도 불구하고 새해에는
부자가 되지 않을까?
진급을 하지 않을까?
운명의 상대를 만나지 않을까?
기대를 가져본다
신년운세를 봐주는 사이트에
생년월일과 태어난 시를 적고 클릭했다
아…
내년에도 일이 많고 바쁘게 살아간단다
한창 일할 나이라고는 하지만
해마다 바쁘다는 내용뿐이니 기운이 빠진다
같은 날 같은 시에 태어난 사람이 수십만 명인데
다 같은 운명으로 살아간다는 게 말이 되냐는 변명으로
위로를 삼았다
모든 일이 하루아침에 되는 일이 있던가?
나의 흔적들이 쌓이고 쌓여 또 다른 나를 만들어 가는 수밖에,
헛된 기대는 버리고
지금은 지금의 나에 집중해 본다

부적응자

샐러드를 먹을 때 드레싱을 뿌리지 않는다
두부를 먹을 땐 김치도 간장도 곁들이지 않는다
삶은 계란을 먹을 땐 소금을 찍어 먹지 않는다
회를 먹을 땐 초장이나 간장 없이 먹는다
곁들여 먹으면 풍미와 맛은 더 좋아지겠지만
재료 본연의 맛을 느끼는 게 좋다
내가 살아가고 있는 세상은 어떤가?
인기 있는 음식들은 모두 짜고 맵고 달고
엄청난 칼로리와 양념을 품고 있다
잔인하고 자극적인 이야기에 관심을 기울이는 사람들은
순수한 맛을 즐기는 사람을 괴물로 취급한다
순수함을 잃어버리고
자극적인 것에만 반응하는 세상을 안타까워해야 하는 걸까?
시간을 거꾸로 돌리면 본래의 나를 찾을 수 있을까?

푸_{pooh}를 사랑한 그녀

그녀가 그를 처음 만난 건
그녀의 생일이었다
유난히 깊은 잠을 자지 못하는 그녀였지만
그를 만난 후
잠을 푹 잘 수 있었고 그에게 푹 빠져버렸다
그가 그려진 잠옷
그가 그려진 이불
그의 모습을 한 필기구와 키링,
그가 없는 생활은 심심하고 무미건조하다
처음엔 사랑스런 모습에 빠졌다가 점차
집착으로 바뀌면서
그는 힘들어했고 그런 그를 그녀는 사랑이라며 강요했다
오래 견디다 못한 그는 떠났고
그녀는 다시 불면증에 시달리는 나날을 보내고 있다
푸우~ 푸우~
잠꼬대를 하면서

나는 한우가 아니다

미역국을 끓이려고
마트 정육 코너에서 소고기를 고르다
A++, A+ 등급이 눈에 들어왔다

매년 연말이면 회사에서 내가 일 년 동안 한 일에 대해
평가를 하고 등급을 매긴다
그 등급으로 보너스도 달라지고
진급에도 영향을 준다
문제는
평가를 하는 사람의 주관에 따라
기준도 달라진다는 것이다
친한 직원이면 플러스
같이 골프를 치는 사이면 플러스
같이 등산을 다니면 플러스
일은 아무리 열심히 해도
상사에게 플러스 되는 일을 하지 않으면
아무 소용없다
모든 일에 평가가 불가분하고
꼭 받아야 하는 거라면
정확한 잣대로 평가받고 싶다
내가 나에게 부끄럽지 않은 등급으로
A+이어도 좋고 B+이어도 좋은

우두둑

추운 겨울 아침 화분에 물을 주다
쏟아지는 해를 받아내고 있는 초록 잎사귀 사이
주황색의 작은 꽃망울을 발견했다
베란다가 꽤 추웠을 텐데
추위를 이겨내고 용케도 꽃 피울 준비를 하고 있었다
어렵게 돋아난 꽃망울을 지켜 주려고
바닥에 수건을 깔고 따뜻한 거실로 옮겨 주려던
마지막 순간
우두둑~~~
악,
거실 바닥에 주저앉고 말았다
꽃이 뭐라고
꽃송이를 보고 싶다고 화분을 옮기다
허리를 다친 그녀
얼굴이 점점 굳어져 갔다
꽃은 아무 말도 하지 않았는데
꽃을 원망하는 마음이 생기고 말았다

사는 맛

고무줄이 탱탱해진다
편안하게 늘어져 있던 마음이 팽팽하게 당겨지는 바람에
속수무책으로 끌려간다
이젠
당기는 것을 넘어
그 줄을 튕기며 노래를 부르고 있다
튕길 때마다 허리가 끊어질 것 같은 긴장과 통증으로
정신이 아찔하고 손발에 땀이 흥건하다
잠시라도 끊어내면 고통에서 해방된다는 건 이미 알고 있다
그러면 누군가를 영영 잃을 수도 있다는 걸
알고 있지만
고통에서도 널 느낄 수 있다
나는 이 순간에도 사는 맛이 난다

무궁화 꽃이 피었습니다

친척 어르신의 우사에 들렀다
소 구경을 허락받고 들어간 곳엔
내 차보다 큰 소들이 햇볕을 쬐며 졸음과 투닥이다
인기척에 놀라 일제히 고개를 돌린다
낯선 이의 등장에 커다란 눈망울로 일제히 얼음이 되었다
돌아서면 사사삭
또 돌아보면 얼음
사사삭
얼음
사사삭
얼음
계속되는 술래잡기에 재미없어!
투덜대며 나오는데
다리가 말을 듣지 않는다
후덜덜 개다리춤을 추었다
슬쩍 돌아보는데 소들이 나를 보며 웃고 있다
에잇, 들켰다

이게, 최선입니까?

그는
삼 남매가 옆에서
사랑에 고파 울부짖어도
바람에 흩날리는 축 처진 빨래처럼
흐느적거리며 꿈속을 헤매었고
자식들이 배고파
밥솥 바닥이 구멍 나게 긁어도
옆집 아이의 빈 그릇이 더 마음 아팠다

나는
아들딸 배곯을까
밤낮없이 일하느라
옹알이도,
이쁜 짓도,
아이들의 고민도 모르고
쪽잠으로 모자란 잠 채우기 바빴다
부모 없이 자라는 이웃의 아이는
비빌 언덕 찾던 마음속 아이가 생각나
없는 살림을 나눴다

그때의 그가 되어서야
고단하고
지치고
무던히도 애쓰던
그가 보였다

기다림의 미학

그때가 오기까지
콩닥거리는 심장은
더 이상 참기 힘들다며 손에 식은땀을 뿜어내고
시계를 힐끔거리던 눈은
이내 시계에 고정되어 버렸다
3분이란 시간이 이렇게도 긴 시간이었던가?
참지 못하고 뜯어버린 뚜껑의 쓰라린 기억을 떠올리며
다시 기다린다
5, 4, 3, 2, 1
드디어 때가 됐다
뚜껑을 과감히 뜯어버리고
젓가락으로 끌어올린 면을 후후 불어가며
입안에서 면발의 탱글거림을 만끽하고
뜨거운 국물로 마무리한다
캬~ 좋다

인생도 기다림이 필요한 순간이 있다
몇 분,
몇 시간,
몇 년,
그 기다림 끝을 안다면
기다릴 수 있을까?

때로는 3분도 삼 년처럼 길다

사랑 알레르기

불시착한 꽃가루는
코와 눈, 그리고 목까지 모두 엉망으로 만들었다
꽃에게는 생명의 꿈이었을 꽃가루가
나에게는 지독한 고통이 되어버렸다
누군가에게는 당연한 것이
또 누군가에게는 불편한 것이 되는 현실
그들이 살 땅을 아스팔트로 덮어버려
더 많은 꽃가루로 더 멀리 보내려는 본능을
어찌 막을 수 있으랴
원망보다 속죄하는 마음으로
새로운 생명의 탄생을 기도한다

119 전화벨이 울리면

어둠이 세상을 삼킨 시간
너의 다급한 신호에 너를 찾아 산으로 오른다
빛 하나 없는 곳에서 산짐승의 공포보다
옅어지는 너의 신호에 숨이 가빠온다

유유히 흐르는 강물은
너의 흔적조차 지워버렸다
너를 묻는 질문에
유리같이 맑던 그는 잉크 빛으로 차갑게 얼굴색을 바꾸고
대답이 없다
등줄기에 땀이 흘러내리지만 포기할 순 없다

놓아버린 손,
끝까지 잡고 버틴 손,
그 온기로 힘내어 다시 너를 찾아 나선다

욕망의 끝

갖고 싶었다
언어로 사람의 마음을 치유하고 공감하는
그의 능력을 갖고 싶었다
그를 아는 사람이라면 모두 그 재능을 바랐다
모두와 나누고 싶어 한 그를
나만이 갖고 싶어
그를 가두었다
글을 쓰는 그의 손을
관찰하는 눈을
생각하는 뇌를
헤아리는 마음을
차례로 잘라내 내 속에 감춰두었다
그는 더 이상 그가 아니고
그를 잃고 나도 잃었다

만나지 말아야 할 사람

머릿속에
뽀얀 먼지가 내리면
그이가 온다
나에게 장난을 치고
가끔 투정을 부리기도 하고
재미있는 이야기도 곧잘 한다

그이를 만나면 안 된다고
그이는 나에게 나쁜 거라고
그이를 잊을 수 있는 약을 입안에 털어 넣는다

머릿속 먼지가 걷히고
그이가 찾아오지 않는 텅 빈 방엔
또다시 나 혼자 남았다

연어와 석류는 동족이다

아귀 같은 이빨을 드러내며
기회만 노리고 서 있는
그곳을 지나가야만 한다
나의 삶이 거기서 멈추는 것은
두렵지 않다
다만,
내 안에 꿈틀거리는 핏빛 생명까지 내어 줄 순 없다
온 힘을 다해 불꽃 장막을 멀리 뿜어낸다
간절한 염원이 하늘에 닿은 것일까
나무에 잘 안착하였다
반대쪽으로 시선을 빼앗겨선 안 된다
최대한 먹음직해 보이도록
힘차게 헤엄쳐 가야 한다

시는 시다

풋내 나는 첫사랑 이야기로 가득한
그의 시를 읽고
이가 아려온다
잊고 있던 그 시절의
설익은 신맛이 올라왔다
두 눈을 질끈 감았다

제3부

탓, 탓, 탓

50년 만의 회귀

작은 선물과 관심, 안부에도 엄만 늘 말씀하신다
널 안 낳았음 어쩔 뻔했냐
이번에도 못 들은 척 딴짓을 하다
엄마 얼굴을 가만히 바라봤다
키는 한 뼘은 준 듯하고 당당하던 체구가 아담해졌다
곱디곱던 얼굴은 주름 가득한 노인이 되었고
그 많던 머리숱은 다 어디로 갔는지
파마로 겨우 부족함을 면했다
밖으로 나갈 때면 더울 때나 추울 때나
스카프를 하는 건 그녀의 늘어진 목을
조금이라도 가리고 싶은 마음일 것이다
그렇게 그녀의 모습은
누가 보아도 70대의 노인이 되었다

나도 너처럼 배우며 살고 싶다는 말을 자주 하던 엄마는
내가 공부하는 모습을 바라보며
나도 그렇게 공부하면 좋겠다며
자식이 쓰지 않는 알파벳을 꺼내 외우셨고
컴퓨터를 하는 아들에게 부탁해
타자연습을 하며 배움의 기쁨을 즐겼다

물음표에서 느낌표까지

자식농사 한번 잘 지었다는 말에
자신의 삶을 백점이라 말해 주는 것 같아
기분이 좋다던 그녀는
엄마로 지내는 50년이 넘는 동안 자신은 없었다

그런 그녀가 운전에 도전한다
늦은 나이면 어떤가, 떨어지면 어떤가
오롯이 본인이 해보고 싶어 하는 일이 있다는 게 좋다
벌써 다음 도전이 기다려진다

탓 탓 탓

글을 못 쓰는데 이유가 많다
실력은 부족한데 시간이 없는 탓이오
수필을 쓰자니 시상이 떠오르는 탓이오
시를 쓰자니 수필이 쓰고 싶은 탓이오
그렇게 핑계를 찾다 보니
세 번째의 봄을 맞이했다
이젠
뭐든 써보자
쫌!

설거지 천재

우리 집엔 두 분의 요리 대가가 산다
50년 동안 집 밥을 지어오신 어머니
20년 동안 호텔에서 요리를 한 신랑
나도 요리를 못 하는 것은 아니나
그들의 내공을 어찌 이겨낼 수 있으랴
일찌감치 그들과 다른 일을 찾고
세월 속에서 고수가 되었다
양과 종류와 상관없이 어떤 것이든
깨끗하게 씻고 정리하는 설거지는
내가 우리 집 최고다

비와야 폭포

탁, 탁, 탁…
비가 창문을 세차게 두드린다
널 볼 수 있다
네가 있던 그 자리로 달려간다
흐르는 물줄기의 굵기로
그동안 쌓아두었던 슬픔의 양을 가늠해 본다
한참 울고 난 후
흔적조차 남기지 않고 떠날 것이기에
내 오래된 눈과 귀에 너를 가득 담는다

나를 아시나요?

옷가게에 들렀다
옷을 몇 개 골라 탈의실로 향하는데
사방이 거울로 나를 포위해 왔다
정신을 차리고 맞은편을 보는데
어떤 여자가 옷을 들고 서 있는 게 보여서
가볍게 묵례를 하고 옆으로 비켜섰다
맞은 편 사람도 같은 방향으로 비켜섰다
멋쩍은 웃음을 지으며 서로 가볍게 인사를 하고
다시 비켜서다 놀라고 말았다
나다
혼자서 인사를 하고 비켜서고
멋쩍게 인사를 하고 있었던 거다
당황스런 마음을 가라앉히고
거울 속의 나를 가만히 바라보았다
눈은 아래로 처지고 자글자글한 눈가의 주름,
비쩍 말라 처진 볼
영락없는 중년 아줌마다
내가 기억하는 내 모습이 아니다
난 그렇게 한참을 멍하니 서서
거울 속의 여자에게 물어보았다
혹시 나를 아시나요?

엄마 되는 법

손톱 깎은 지 얼마 되지 않은 것 같은데 엉망이다
건조해지는 날씨에도 물에 손을 담그고 일을 계속한 탓인지
손은 트고 손톱은 갈라지고 깨졌다
뭐가 바쁘다고
핸드크림 한 번 발라줄 여유가 없었을까
모처럼의 휴일,
마음먹고 손톱을 손질하고 핸드크림도 듬뿍 발라주었다
자주 바르라고 사준 핸드크림을
기한이 지나도록 쓰지 않던 엄마가 생각났다
나도 진짜 엄마가 되어가나 보다

사카린

극강의 단맛
깍두기 맛집의 비결이다

흔한 재료지만
인체에는 무해한 인공의 맛,
다른 맛을 해치지 않고 어우러진다

한 번 맛을 보면
잊을 수 없는 짜릿함이 있다

오도독,
한 입 깨물면
상큼해지는 그런
글을 쓰고 싶다

유난히 깊은 사랑

아빠가 다리가 저려 잠을 못 잔다고
아픈데 다리까지 저려서 못 자는 걸 보니 너무 안쓰럽다고
병원에 가봤으면 좋겠다는 엄마의 전화에
병원을 예약하고 모시고 갔다
평상시 허리를 불편해하시면서도 괜찮다던 엄마를
아빠 진료 핑계 삼아 같이 진료를 봤다
여러 검사를 마치고 결과를 듣는 자리
의사에게 아빠에 대한 걱정을 한가득 쏟아내시는 엄마를
안쓰럽게 바라보시던 의사가 한마디 한다
아버님은 나이에 비해 너무 건강하시다고
어머님이 너무 심각한 상황이며 척추 3, 4, 5번에
심각한 문제가 있다고 어머님 걱정을 하셔야 할 때라고,
의사의 말에 뭐가 좋으신지 웃으면서
"난 괜찮다"며 아빠가 심각하지 않아서 다행이라고 말씀하신다
맞다
엄만 그런 사람이다
감기에 심하게 걸려 40도가 넘는 고열에도
남편, 자식 끼니 거를 걱정에 음식을 만들고
가족들 속이 조금이라도 불편하다고 하면
추운 날 눈바람을 뚫고 약을 사 오는 것도 모자라
집에 있는 매실차며 민간요법을 다 사용해 불편함을 없애고자 했다

다 기억나진 않지만 모든 상황에서 나보다 가족이 먼저인 사람
신이 모든 걸 다 해 줄 수 없어 엄마를 보내셨다고 했던가?
신은 나를 유난히도 더 사랑하시나 보다

갑작스러운 이별

시골집 마당에 세워놓은 '베르나'가
남의 옥수수밭으로 굴러갔단 소리에 놀라 수리를 맡겼다
수리를 마치고 다시 만나리라는 기대를 안고
공업사에 들렀더니
수리기사는 전혀 다른 말을 했다
수리는 할 수 있지만 너무 노후화돼서
비용도 많이 들고 폐차하는 게 나을 것 같다고 했다
우리는 아직 너를 보낼 준비가 되지 않았는데
네 속이 그렇게 망가지도록 알아채지 못한 게
못내 속상하고 안타까웠다
차 안에 있는 짐을 가지고 나오는 길
너를 두고 돌아서는데 눈물이 났다
다른 주인 만났다면 전국 여기저기 맘껏 달려보고
신나는 구경도 했으련만
동네 마실만 다니다가 최후를 맞이하는 것 같아 미안했다
그리고 고마웠다
오랜 친구와의 이별이 허전하고 쓸쓸했다

나쁜 기억

온종일 두더지 한 마리가 머리를 공전한다
머릿속을 파헤치고 다닌다
명상음악을 들어보고
행복했던 일도 생각해보고
좋아하는 사람을 떠올려 봐도
불청객은 떠나기는커녕 집단을 이루었다
아,
불청객이 문제인가
떨쳐내지 못하는 내가 문제인가
혼란스럽다
눈앞에서 알짱거리는 두더지부터 잡아야겠다

너나 잘하세요!

"그게 되겠니?"
참 듣기 싫은 말이다

공부를 해 보겠다고 계획을 세웠다
계획표를 점검해 달라고 한 적도 없는데 허락 없이 보고는
"그게 되겠니?"
참 기운 빠지고 화가 치민다

인생계획표를 작성해 본다
40대엔 책을 내고,
50대엔 은퇴해서 본격적으로 작가의 삶을 살고,
다 적기도 전에
"그게 되겠니?"

사람의 사기를 빼는 기술로는 이만한 말이 없다

그런데 어쩌지?
아무리 나의 기운을 빼고 화나게 해도
난 내 생각대로 살아볼 테니
신경 *끄*시고 본인 삶이나 잘 사시오

부럽지 않아

나만의 감정을 시로 표현하기 위해
고민하고 고치기를 반복하는 내가 참으로 허무해진 날이다
사람이 아닌 인공지능이
시를 창작한 것도 모자라 책을 냈다
그 시에 감동하고 울림을 느끼는 이가 있을까?

신의 형상을 닮은 사람이 흉내 낸다고 신이 될 수 있는가?

그인지 그녀인지 나보다 먼저 시인이 된 존재
심장은 없고 기교만 있는 너의 글이
난 전혀 부럽지 않다

어떤 이별

14년간 동거가 무색할 만큼
집 안에는 너의 흔적이 남아 있지 않았다
하지만 너에 대한 기억은 문득문득 나를 힘들게 한다
문을 열고 들어갈 때 뛰어오던 너를
식사를 하려고 상을 펼 때 상 아래로 들어가 있던 너를
도마에서 무를 썰 때 먹고 싶어 찡찡거리던 너를
잠자리에 누우면 같이 자자고 자리를 끌고 오던 너를
나는 잊지 못한다
너에 대한 기억은 나를 미친 사람처럼 만든다
그리움에 사무쳐 울게 했다
사랑스런 모습이 떠오를 때는 나를 미소 짓게 했다
언젠가 이 감정들이 무뎌지고 아득해지더라도
너의 기억은 내 심장에 박혀
심장이 멈출 때 너의 기억도 함께 사라져
영원한 이별이 될 듯하다

성장통

딸의 손을 잡으려다
가슴에 고이 담았다
이젠 한 손으로 담을 수 없는 너의 손을
물끄러미 바라본다

내 안에 담을 수 없는 아쉬움이 왜 없을까
하지만
이젠 나란히 함께 힘주어 잡고 걸을 수 있다
언젠가는 조그맣던 너의 손에 이끌려 의지하는 날도 오겠지
그땐 귀한 널 두 손 모아 고이 담으련다

이상한 나라의 앨리스

앨리스!
누굴 부르는 건가 싶어 두리번거린다
앨리스!
다시 한 번 돌아본다
나인가?
그래 너!
내가 왜?
일이 바빠도 혼자서 급하지 않고 척척
화나는 일에도 그럴 수 있다며 웃고
지친 직원에겐 힘내라고 말을 걸고
지쳐도 지치지 않는 것이 이상하다는 그녀
사람들을 불러 모아 나의 이야기를 쏟아낸다
힘든 일을 좀 더 즐겁게 하는 것이 누군가의 비난이 될 일인가
속상한 마음에 딸아이에게 이야기를 했다
이상한 나라의 앨리스면 엄마가 이상한 나라에 있다는 건데…
그럼 그 사람들이 이상한 거 아니에요?
딸의 이야기에 한바탕 웃었다
내일 아침 맞이할 이상한 나라는 왠지 더 재미있을 것 같다

명치 혹은 멸치

밤새 끙끙거리며
답답한 명치를 뜯다 겨우 잠이 들었다

삐삐삐 삐삐삐
새벽 5시 20분
어김없이 새벽 단잠을 깨우는 소리에
베개 속으로 머리를 밀어 넣다 말고,
무거운 몸을 일으켜 창문을 열었다
아파트 아래 쓰레기차가 새벽을 밀어내고 있었다
쓰레기차가 떠난 자리엔 아침이 몰려왔다
뻐근했던 내 명치는 뚫리고
나는 가족을 위해 멸치 똥을 따기 시작했다

제4부

솜사탕 인생

5on 2off

5on
아침 6시 30분의 알람이 울리기 전
여유롭게 알람을 끄고 스트레칭을 하고 집을 나선다
최애하는 음악 속을 뛰어 에너지를 흠뻑 채운다
후후훗 나란 여자 멋지다

2off
침대가 내 모든 걸 집어삼킨다
휴식 동안 하고 싶었던
독서, 글쓰기, 데이트…
그런 생각이 있었던가
나른함이 게으름을 잠식했다
재충전이라는 이불로 포장하고
그 속으로 더 빠져든다

김 강사의 하루

단정하게 화장을 하고
깔끔한 정장과 구두로 정체성을 찾고 집을 나선다
가는 길엔 전할 이야기가 있지만
더 좋은 이야기가 없을까 고민을 거듭한다
심호흡 몇 번 하고 마이크를 들고 그들 앞에 선다
몇 달의 노고를 응축한 시간을 쏟아낸다
사람들의 눈빛이 변하는 순간
심장이 요동치고 온몸에 전율이 돈다
집으로 돌아오는 길
그들의 눈빛과 고민한 시간이 머릿속을 지나간다
영월대교 위에 뜬 홍시가 참 달다

중년 부부의 데이트

오랜만에 그와 카페를 찾았다
재즈가 흐르는 이곳에 우리가 어울릴까
살짝 고민했지만
조용한 자리를 찾아 앉고 따뜻한 카푸치노
두 잔을 주문했다
우리는 말없이 각자가 가져온 책을 읽었다
얼마나 지난 걸까
밝던 거리는 회색으로 변해 있다
그와 눈이 마주쳐 씨익 웃고는 자리에서 일어났다
팔짱을 끼고 걷는 길
몽글몽글 폭신하다

스트레스, 너!

문득 너의 생각이 났다
너를 만나면 무슨 말을 해야 할까
어떻게 보여져야 할까

갑자기 심장이 동동 뛰는
소식에 놀란 폐는 거친 숨을 몰아쉰다
결국 위도 이겨내지 못해 온몸을 쥐어짠다

오늘도 난 너를 스스로 떨쳐내지 못하고
병원을 찾아야 끝날 것 같다
언제쯤 너에게서 자유로울 수 있을까

울랄라 꿀랄라

사춘기에 접어든 딸과
말로 서로 상처받는 일이 많아졌다
딸아이에게 이야기하며 함께 고민하다
딸아이 눈이 번쩍이더니
"엄마 억울한 일이나 화가 나면 이렇게 외칠 거야"
"울랄라~"
그래서 나도 말했다
"꿀랄라~"

200평짜리 꿈

'토지매매' 푯말 앞에
눈을 감고 섰다
땅과 건물이 능선을 이루고 있다
잔잔한 햇살이 내려와 따뜻한 커피 한 잔을 데운다
그곳에서 시를 쓰다
한 시인의 시집을 펼쳤다

눈을 뜨니
허허벌판
마음속에 잔상 하나가 내려앉았다
여기다! 내 미래가 머물 곳,
푯말에 적힌 번호로 전화를 걸었다
심장이 간지럽고 숨이 차오른다

엄마는 딸을 보고 배운다

시를 배우고 쓰다 보니
일상에 숨통이 트였다
2년이 지난 지금
실력은 늘지 않고 쓰는 건 어렵기만 하다
영감을 받으려고 읽은 다른 사람들의 시는
나를 더 위축되게 만든다

시에 관심도 없던 딸은
시가 일기가 되었고
초등학교에서 열린 독도 시화전에서 우수상을 받았다
축하하는 나를 보며
최우수상 받은 친구 시보다 본인 시가 더 맘에 든다며
자신의 시를 읽고 또 읽는다

내가 쓴 시들을 다시 읽어본다
나답다
내려갔던 입꼬리가 눈꼬리로 향하고
쪼그라들었던 가슴에 숨통이 트였다

수리수리 허리 수리

허리가 아파서 병원에 들렀더니
평소 앉아 있는 자세부터 고쳐보라고 했다

그런데 아차차
습관처럼
또 다리를 꼬고 앉았다

다른 사람들을 보았다
바른 자세를 모를 리 없을 텐데
다리를 꼬거나
벌려 앉았거나
의자에 빨래처럼 늘어져 있다

자세를 고치려면
마음부터 고쳐야 할 텐데
어떻게 고쳐야 할까?

가슴이 뛴다

초등학교 다니는 딸의 전교 임원선거 입후보 공고가 떴다
부회장이 하고 싶다고
가슴이 뛰는 소리가 귓가에 들릴 정도라고,
흥분한 딸은 꼭 하고 싶다고 하면서
할 수 있을까?
안 되면 어쩌지?
혼자 말로 머리가 설득해 보며 들떠있다
이렇게 가슴이 뛰는 건 11년 인생에
처음이라고 했다
어른이 되어가는 것,
무엇인가 선택하는 순간이 다가오고
도전해 보는 것은
책임의 무게를 안다는 것이기에
스스로의 무게에 맡기기로 했다
일주일 동안, 저 콩닥거림으로
열한 살 인생의 선택 순간을
설레게 기다리기로 했다

균형 잡기

내 안의 평온이 깨진 후 잠이 오지 않았다
몸이 붓기 시작하더니
얼굴엔 트러블이
목엔 쥐젖이
온몸에 알레르기가 뒤덮었다
마음과 몸이 부서져 이젠 더 이상 견딜 수 없으니 봐달라고
몸 여기저기서 신호를 보낸다
마음의 소리에 귀 기울이고
편안한 잠자리를 만들고
건강한 음식으로 속을 채웠다
욕심을 비우고
맑은 생각을 채우면
내 삶의 방향도 치우치지 않고
중심을 잡을 수 있을까

스몰토크

차 한 잔 마음 편히 마실 수 있는 곳
복잡한 나의 이야기를 정리하는 곳
앉은 자리에서 많은 글을 쓰고 읽을 수 있는 곳
누구나 가질 수 있지만 쉽게 가질 수 없는 자리,
"스몰토크"는 그런 카페다
내 안의 작은 이야기들을 꺼내
이야기를 나누다 보면
탁한 생각들이 비워지고
투명하고 말랑한 생각들로 가득 채워진다
마음이 통하는 사람들과 이야기를 나누고
조용히 앉아 책을 읽다 보면
말랑말랑한 에너지 젤리가
전두엽을 두드리며
카페 문을 나서는 나를 환하게 웃으며 배웅한다

억울한 사정

버스에 올라 복도 자리에 앉았다
뒤이어 타는 사람이
흘긋 쳐다보고 지나간다
다음 사람도
그다음 사람도
아무도 나에게 물어보지 않고
두 자리를 차지하는 욕심쟁이 보듯 한다
순간 눈치도 보이고 억울하다
버스의 창가는 시야가 트이는 즐거움과 재미가 있다
하지만 오늘처럼 추운 겨울엔 얘기가 다르다
창문으로 들어오는 냉기에 아무리 히터를 틀어줘도
뼈까지 떨리는 걸 어찌하란 말인지
안쪽에 들어와 앉으라고 옆자리를 넉넉히 남겨놓았는데
그 눈을 향해 변명하려다 모른 척 눈을 감았다

사라진 과녁

13년 전에
딸이 태어났다
보는 것만으로도 신기했다
돌도 지나기 전에 처음
엄마라고 불렀을 때 벅차오르던 순간이 떠올랐다
말 한마디씩 주고받을 때마다
저절로 웃음이 났다

13살이 된 딸아이는
자신의 생각을 이야기하기 시작했다
무조건 내 의견에 따르지 않는다
나는 입안의 활시위를 팽팽히 당겨
날카로운 화살을 수없이 날렸다

울고 있는 아이의 가슴에서
화살촉을 뽑아냈다
오랫동안 소나무 가지에 꽂혀 있던 화살이
뚝, 부러졌다
오래전 내 입술에서 벗어난 활시위는
과녁을 지나고 들판을 지나고
먼바다를 향해 날아가고 있었다

솜사탕 인생

쳇바퀴 속에서 형형색색의 실을
뽑아내고 있다
발바닥이 보이지 않는다
넘어질까 불안해 바닥만 향하던 눈을 위로 향했다
무엇인가?
이 형형색색의 구름은?
내달리며 상상했던 것들이 눈앞에 펼쳐져 있다
밖에는 비가 내린다
닫혀 있던 생각의 장막을 걷어내었다
어디 갔나?
쳇바퀴를 벗어난 달콤했던 인생이 녹아내렸다

아주심기

20년 뿌리내리고 살던 소나무를 마당에 옮겨 심었다
매일 물도 충분히 주고
잔뿌리도 다치지 않고
새로운 환경에 잘 적응하도록
나무가 살던 곳의 흙을 가져와 넣어줬다
잘 자라고 있는지 수시로 살펴보았다
소나무는 푸르름을 잃지 않고 당당하게 겨울을 났다

새해를 맞이한 지 얼마 지나지 않아
20년 동안 일하던 부서에서 다른 부서로 발령이 났다
아는 동료도 없고 일하는 방법도 알지 못했다
회사를 나가라는 무언의 압력이었다
하지만 나만 보는 가족들 때문에 모르는 척 출근을 했다
나에게도 내가 살던 곳의 흙과 충분한 물이 필요하다
여기서 뿌리를 내리려면 또 얼마의 시간이 흘러야 할까

트레이드 마크

거울 속 나를 본다
10년 넘게 하고 있는 단발머리
고지식하고 촌스럽다
묶어보고
머리띠를 해보고
머리핀을 꽂아보고
짧은 머리를 상상해 본다
답답한 마음에 미용실에 전화를 걸었다
일단 와 보라는 원장의 대꾸에 미용실로 향했다
미용실 의자에 앉아
머리에 대한 불만을 한가득 뱉어냈다
듣고만 있던 원장이 웃으며
곱슬머리에 숱도 많은데 얼굴이 작아
이 머리가 딱이라고
다른 사람은 하지도 못한다고
나의 트레이드 마크라고 하는 게 아닌가?
단발머리를 하고 나서는 발끝에 자부심이 따라나섰다

말에 무게를 싣다

엄마, 말투!
45년을 감정에 집중하고 몰입하며 말을 해왔다
누군가의 이야기를 할 땐 성대모사를 하기도 하고
화나고 짜증 나는 일엔 언성을 높이고 격한 말을 쏟아냈다
그러다 딸아이가 말투를 바꾸면 좋겠다고 하기에 그러겠다고 했다
그랬더니 이렇게 말하는 중에 맥을 끊어 놓는다
처음엔 말하기가 싫어지다가
딸이 외칠 때의 상황을 떠올렸다
상대방에 대한 생각 없이 내 감정만 쏟아내는 내가 보였다
그날부터 말을 하기 전
마음에 돌덩이 하나를 올려
무게를 들어 올릴 수 있는 말들만 입에 올려보냈다
무게를 더한 만큼 말은 더 부드럽고 매끄러워졌다
딸이 말을 걸어온다
아무래도 가슴을 눌러 놓은
돌부터 깨야 할까 보다

아주심기를 위한 아름다운 여정,

형형한 눈빛으로 머물다

- 김남권(시인, 계간 '시와징후' 발행인) -

아주심기를 위한 아름다운 여정,
형형한 눈빛으로 머물다

– 김 설 시인의 첫 시집 '물음표에서 느낌표까지'를 읽고

김남권(시인, 계간 '시와징후' 발행인)

윤동주 시인은 '서시'에서 그의 사상과 신념, 그리고 독립을 향한 순수한 의지를 표현했다.

"죽는 날까지 하늘을 우러러/한 점 부끄럼이 없기를/잎새에 이는 바람에도/나는 괴로워했다./별을 노래하는 마음으로/모든 죽어가는 것을 사랑해야지/그리고 나한테 주어진 길을 걸어가야겠다.//오늘 밤에도 별이 바람에 스치운다."

윤동주는 늘 밤의 별을 보며 꿈을 꾸고, 삶을 고뇌하고, 성찰하며 겹쳐 오는 복잡한 마음을 시로 표현했다. 특히 서시의 도입 부분과 마지막 연은 시인이 왜 시를 써야 하고, 인간의 삶은 무엇을 추구하며 살아야 하는지에 대한 분명

한 메시지를 전해 주고 있다. 하늘과 땅, 우주 한가운데 영장류로 살아가는 인간의 확장성과 미래를 향한 의식을 함축하고 있는 서시를 토대로 우리는 부끄럽지 않은 삶을 살아야겠다고 스스로에게 다짐해 보기도 한다.

김설의 시는 순수하고 명징하다. 일과 가족과 사람과 사물을 보는 시선에 꾸밈이 없고, 자신의 욕심마저도 숨길 줄 모른다. 윤동주가 별을 노래하며 먼 미래의 꿈을 노래했듯이 김설은 내면의 순수한 성정을 바탕으로 자연과 더불어 살아가는 인간의 삶의 가치를 노래하고 있다. 인간의 속성은 한순간에 완성되는 법이 없다. 천성적으로 타고난 유전자에 후천적으로 발견되는 사유와 깨달음에 더하여 이를 실천하며 터득하게 되는 지혜를 바탕으로 인격이 완성된다. 시는 이런 시인의 인성이 바탕이 되어 물결무늬처럼 드러나는 것이다. 김설의 시에서는 그런 물결의 무늬 위에 하늘도 구름도 바람도 담겨서 출렁이며 흘러가고 있다. 그리하여 이번에 출간하는 첫 시집 '물음표에서 느낌표까지'에 수록된 시는 자연인 김숙희에서 시인 김설로 향한 '아주심기'인 것이다.

내 삶을 이루는 구성요소는 물음표에서 시작한다

말을 처음 배울 때처럼

문장을 구성하기 위한 첫걸음도

물음표로 시작한다

세상엔

문장부호 같은 사람이 많다

자신의 이름을 알리는 일에 의미를 두기보다는

빛과 소금처럼 꼭 필요한 사람이

늘어나야 살만한 세상이 되는 게 아닐까

내 아이들이 살아가야 할 세상은

끊임없는 물음표로 시작해서

가슴 설레는 느낌표로 끝났으면 좋겠다

- 「물음표에서 느낌표까지」 [전문]

　시인은 현실을 외면할 수 없다. 아니 현실을 온몸으로 살아내고 증거해야 하는 것이 시인의 숙명이다. 이를 외면하는 시인은 비겁하고 이기적이고 무능하다. 그런 측면에서 김설은 아직 등단도 하기 전에 이태원 참사 뉴스를 온몸으로 접하며, 안타까움과 분노와 슬픔을 온몸으로 쏟아내고 있다. 평화로웠던 골목이 아비규환으로 몸부림치던 치가 떨리는 순간을 절대로 용서할 수 없었던 것이다. 청년 159명이 한순간에 꽃도 피워보지 못한 채 황망하게 먼 길을 떠났다. 모두 살릴 수 있었던 어른들의 무능과 무책임과 안이함에서 발생된 참사를 도저히 눈 감을 수 없었던 것이다. 남의 일이 아니라 바로 내 가족의 일이어야 하는 것이다. 시인이 감정이입을 통해 운명 공동체가 되어서 시로 증거해야 하는 이유가 여기에 있다.

얼마만의 자유로운 축제인가
형형색색 꽃송이를 따라
나비들이 모이기 시작했다

그러나 한순간,
작은 날개 위에
거대한 태풍이 몰아치고
골목의 정원을 휩쓸었다

자유를 갈망하던 159의 나비는
생명의 불빛을 잃고

화려한 꿈도 사라지고 말았다

허공 속이

텅 비었다

나비는 다시 오지 않았다

– 「꽃송이들에게 – 이태원 '핼러윈데이' 참사를 기억하며」 [전문]

    시간과 공간도 감정을 공유할 수 있다. 시인의 눈빛이 되고 시인의 가슴이 되면 시간과 공간을 초월할 수 있어야 하고, 시간과 공간을 자신의 가슴 속으로 끌어들여 의인화할 수 있어야 한다. 그것이 진짜 시인으로 운명 공동체가 되는 일이다. 누군가의 발걸음 하나도 시간과 공간의 카테고리 안에서 시적 화자와 같은 숨을 쉴 수 있는 것이기 때문이다. 한 사람의 인생이 온전하게 끌려와 둥지를 트는 것이다. 그리하여 우리는 시인에게 또 다른 심장이 있다고 말하는 것이다.

횡단보도 신호를 건너는 일이

이렇게 힘든 일이었던가

열 걸음도 걷기 전에 신호가 바뀌고 말았다

집 앞 백 미터가 천리 길 같다

횡단보도를 건너는 할머니,

열 걸음 떼고 숨 한번 쉬고

또 열 걸음 가다 숨 한번 쉬고

30초면 건널 길을

그렇게 삼십 년처럼 겨우 건넜다

저렇게 한 세기를 걸어왔을 것이다

그리고 마지막 걸음이 멈추는 날

민들레꽃 송이 곁에 버선 한 켤레 벗어 놓고

나비처럼 누워있겠지

나는 아직 건너갈 길이 많이 남아 있는데,

-「꽃길」 [전문]

우리가 살고 있는 사회는 얼마나 폭력적인가? 태어나는 순간부터 맞이하게 되는 약육강식의 세상은, 자신이 살아남으려고 누군가를 짓밟아야 하고, 누군가를 희생물로 삼아 권력을 쟁취하거나 부를 축적하거나 명예를 얻으려고 한다. 누군가의 평가를 받아야 할 사람들이 온갖 부조리한 방법으로 자신보다 힘이 약한 사람들을 평가하고, 능력도 없는 사람들을 자리에 앉혀 비리의 온상을 만들면서 먹이사슬의 굴레를 이어간다. 그동안 조직은 썩어가고 사회는 부패하지만 그들은 서로 입을 맞춰가면서 거짓말과 궤변과 증거인멸로 꼬리를 자르거나 더 큰 세력에 빌붙어 승승장구하며 살아남는다. 사람은 한우가 아니다. 마치 학점을 주듯이 A+ B+로 평가를 하는 사람들에게 쌍권총 FF로 신의 한 수를 날리는 김설의 풍자는 시원한 공감을 불러일으킨다.

미역국을 끓이려고

마트 정육 코너에서 소고기를 고르다

A++, A+ 등급이 눈에 들어왔다

매년 연말이면 회사에서 내가 일 년 동안 한 일에 대해

평가를 하고 등급을 매긴다

그 등급으로 보너스도 달라지고

진급에도 영향을 준다

문제는

평가를 하는 사람의 주관에 따라

기준도 달라진다는 것이다

친한 직원이면 플러스

같이 골프를 치는 사이면 플러스

같이 등산을 다니면 플러스

일은 아무리 열심히 해도

상사에게 플러스 되는 일을 하지 않으면

아무 소용없다

모든 일에 평가가 불가분하고

꼭 받아야 하는 거라면

정확한 잣대로 평가받고 싶다

내가 나에게 부끄럽지 않은 등급으로

A+이어도 좋고 B+이어도 좋은

　　　　　　　　　　　　　- 「나는 한우가 아니다」 [전문]

　동물과 식물의 공통점을 찾기란 하늘의 별 따기만큼이나 쉽지 않다. 그런데 굳이 이질적인 동물과 식물을 연결하여 시적 공감대를 발견하고 이를 시로 구상하는 것은 시창작을 하는 사람들에게는 낯설게 하기 이상의 신선한 접근성과 감각을 보여주는 것이다. 시창작 강의 시간에 과제로 출제한 주제를 형상화하여 비유, 상징, 이미지를 완벽하게 담아내고 공감을 불러일으키는 것은 수십 번의 퇴고를 하는 동안 언어의 맛을 깨우는 훈련의 결과물이 천착된 흔적이라 할 것이다.

아귀 같은 이빨을 드러내며

기회만 노리고 서 있는

그곳을 지나가야만 한다

나의 삶이 거기서 멈추는 것은

두렵지 않다

다만,

내 안에 꿈틀거리는 핏빛 생명까지 내어 줄 순 없다

온 힘을 다해 불꽃 장막을 멀리 뿜어낸다

간절한 염원이 하늘에 닿은 것일까

나무에 잘 안착하였다

반대쪽으로 시선을 빼앗겨선 안 된다

최대한 먹음직해 보이도록

힘차게 헤엄쳐 가야 한다

– 「연어와 석류는 동족이다」 [전문]

    눈빛은 마음의 창이다. 사람들은 거짓말을 할 때 눈빛이 흔들린다. 그래서 오랫동안 강단에서 누군가를 가르치고 강의를 진행해 본 사람은 수강생이나 청중들의 눈빛만 보고도 어느 정도 공감하고 있는지, 감동하고 있는지, 아니면 실망하고 있는지 그 분위기를 금방 눈치챌 수 있다. 또한 강사가 의기소

침하거나 자신 없어 하는 표정과 실력이 없는 강사의 밑바닥이 드러나는 순간도 금방 알아차릴 수 있다. '김 강사의 하루'는 시적 화자에 감정 이입하여 자신이 겪어 온 노하우를 중심으로 한 자신감 있는 강사의 모습이 숨은 비유로 나타나고 있다. 그렇게 자신만만하게 강의를 마치고 돌아오는 날은 다리 위에 뜬 달도 한층 더 아름답게 자신을 반겨주고 있다는 사실을 '홍시가 참 달다'라는 맛으로 은유를 한층 따뜻하게 던지고 있다.

단정하게 화장을 하고

깔끔한 정장과 구두로 정체성을 찾고 집을 나선다

가는 길엔 전할 이야기가 있지만

더 좋은 이야기가 없을까 고민을 거듭한다

심호흡 몇 번 하고 마이크를 들고 그들 앞에 선다

몇 달의 노고를 응축한 시간을 쏟아낸다

사람들의 눈빛이 변하는 순간

심장이 요동치고 온몸에 전율이 돈다

집으로 돌아오는 길

그들의 눈빛과 고민한 시간이 머릿속을 지나간다

영월대교 위에 뜬 홍시가 참 달다

- 「김 강사의 하루」 [전문]

‘아름답다’라는 말이 있다. 우리가 흔히 쓰는 우리말이지만 정작 이 말의 뜻을 정확하게 알고 있는 사람은 흔치 않다. ‘아름답다’라는 말이 처음 언급된 것은 1447년세종 29년에 석가모니의 일대기와 주요 설법을 뽑아 한글로 발간한 『석보상절』이다. 『석보상절』에 따르면 ‘아름답다’의 ‘아름’은 나를 상징하는 것으로 결국 ‘아름답다’의 뜻은 ‘나답다’라는 말이 되는 것이다. 시를 나답게 쓰는 일이야말로 가장 아름답다는 뜻이 되는 것이다. 하물며 초등학교에 다니는 딸이 엄마와 함께 시를 쓰고 서로 읽어 주며 공감한다는 사실은 얼마나 아름다운 일인가. 김설 시인이 나답게 시를 쓰고 싶다는 표현이 숨을 다하는 순간까지 아름답게 이어지길 기대해 본다.

시를 배우고 쓰다 보니

일상에 숨통이 트였다

2년이 지난 지금

실력은 늘지 않고 쓰는 건 어렵기만 하다

영감을 받으려고 읽은 다른 사람들의 시는

나를 더 위축되게 만든다

시에 관심도 없던 딸은

시가 일기가 되었고

초등학교에서 열린 독도 시화전에서 우수상을 받았다

축하하는 나를 보며

최우수상 받은 친구 시보다 본인 시가 더 맘에 든다며

자신의 시를 읽고 또 읽는다

내가 쓴 시들을 다시 읽어본다

나답다

내려갔던 입꼬리가 눈꼬리로 향하고

쪼그라들었던 가슴에 숨통이 트였다

- 「엄마는 딸을 보고 배운다」 [전문]

양파나 배추, 고추, 옥수수, 벼 등 과채류를 심을 때는 비닐하우스에서 싹을 틔우고 난 다음 옮겨심기를 하는 경우가 많다. 물론 땅을 고르고 나서 바로 밭에 파종을 하는 경우도 있지만 다른 작물보다 일찍 수확하기 위해서는 비닐하우스에서 싹을 틔우고 다른 비닐하우스로 옮겨 심거나 노지에 옮겨심기를 하는 경우가 많은데, 이런 과정을 아주심기라고 한다. 자식을 키우다 보면 아직 학교나 사회에 적응

하지 못하고 좌충우돌하는 경우를 자주 보게 된다. 그러는 동안에 실패도 맛보고 실연도 당하고 상처도 입게 되는데 이런 일들도 결국 사람으로서 아주심기를 위한 과정이라고 보아야 할 것이다. 아주심기가 잘못되면 채소가 잘 자라지 못하고 열매도 제대로 맺지 못하는 것처럼, 그동안 자연인 김숙희로 살아온 김설은 이제 아주심기를 위한 모종이 뿌리를 내리고 있다.

> 20년 뿌리내리고 살던 소나무를 마당에 옮겨 심었다
>
> 매일 물도 충분히 주고
>
> 잔뿌리도 다치지 않고
>
> 새로운 환경에 잘 적응하도록
>
> 나무가 살던 곳의 흙을 가져와 넣어줬다
>
> 잘 자라고 있는지 수시로 살펴보았다
>
> 소나무는 푸르름을 잃지 않고 당당하게 겨울을 났다
>
> 새해를 맞이한 지 얼마 지나지 않아
>
> 20년 동안 일하던 부서에서 다른 부서로 발령이 났다
>
> 아는 동료도 없고 일하는 방법도 알지 못했다
>
> 회사를 나가라는 무언의 압력이었다
>
> 하지만 나만 보는 가족들 때문에 모르는 척 출근을 했다

나에게도 내가 살던 곳의 흙과 충분한 물이 필요하다

여기서 뿌리를 내리려면 또 얼마의 시간이 흘러야 할까

– 「아주심기」 [전문]

딸은 엄마의 거울이라고 했다. 딸이 태어나고 성장해 가는 모습을 보면서 엄마는 자신의 모습을 발견하게 되고, 딸은 또다시 엄마의 모습을 보면서 살아가는 모습을 닮아가는 운명 공동체 같은 삶을 살아간다. 배우 강부자가 '친정엄마와 2박 3일'이라는 연극을 수년째 계속하고 있다. 누적 관객 백만 명을 돌파한 연극은 희미해져 가는 가족의 의미를 되살리고 특히 엄마와 딸의 모습을 통해 진정한 사랑의 가치를 발견하며 눈물짓게 하는 작품이라서 전국 투어를 하며 관객들에게 감동의 눈물을 흘리게 하고 있다. 그러나 현실에서 많은 엄마와 딸은 서로의 마음을 알면서도 쉽게 상처 주는 말을 하고, 서로의 가슴에 비수를 꽂기도 하다가 딸이 어느 순간 엄마가 되고 난 다음부터 엄마라는 이름의 의미를 발견하게 된다.

'사라진 과녁'은 그런 엄마와 딸의 관계를 상징적으로 보여준다. 하루에도 수없이 반복되는 말의 화살은 과녁을 비켜 가는 법 없이 심장에 꽂혀버리고, 한번 꽂힌 화살은 쉽게 뽑히지 않는다. 그리하여 상처는 상처를 덧나게 하고 급기야는 무감각해졌다가 서로를 잃고 나서야 후회의 눈물을 흘리게 된다. 이제 사춘기에 접어든 13살 딸의 가슴에서 화살을 회수하려 했지만 뚝, 부러지고 만다. 그래도 그 화살을 뽑아주려고 건넨 시적 화자인 엄마의 의도 때문에 상처는 회복되기 시작한다. 서로의 잘못을 알아차린 순간, 사과하고 자신의 행동을 바로 잡는 것처럼 용기 있는 처신은 없다. 가족 간에도 친밀감을 회복하려면 용기 있는 사과와 반성, 그리고 책임 있는 행동이 이루어져야 한다는 사실을 보여주며 마지막 행에 '오래전 내 입술에서 벗어난 활시위는/과녁을 지나고 들판을 지나고/먼바다를 향해 날아가고 있었다' 로 마무리하면서 미래로 향한 희망의 씨앗을 놓고 있다.

13년 전에

딸이 태어났다

보는 것만으로도 신기했다

돌도 지나기 전에 처음

엄마라고 불렀을 때 벅차오르던 순간이 떠올랐다

말 한마디씩 주고받을 때마다

저절로 웃음이 났다

13살이 된 딸아이는

자신의 생각을 이야기하기 시작했다

무조건 내 의견에 따르지 않는다

나는 입안의 활시위를 팽팽히 당겨

날카로운 화살을 수없이 날렸다

울고 있는 아이의 가슴에서

화살촉을 뽑아냈다

오랫동안 소나무 가지에 꽂혀 있던 화살이

뚝, 부러졌다

오래전 내 입술에서 벗어난 활시위는

과녁을 지나고 들판을 지나고

먼바다를 향해 날아가고 있었다

- 「사라진 과녁」 [전문]

　다시 윤동주의 '서시'를 생각한다. 삶을 살아가는 모든 사
람들은 일제강점기를 온몸으로 살아냈던 윤동주의 밤과 하
늘과 바람과 별을 생각해야 한다. 엄혹한 식민지의 땅에서
도 조국 광복의 희망을 잃지 않았던 윤동주가 바라보았던
하늘을 잊어서는 안 되는 것이다. 그리고 살아 있는 동안은

"하늘을 우러러 한 점 부끄럼이 없기를" 다짐하고 다짐하며 순수하고 아름다운 삶을 살아내야 한다. 하물며 시인이라면 윤동주가 죽는 순간까지 외치며 잎새에 이는 바람에도 괴로워하면서도 "오늘 밤에도 별이 바람에 스치운다"고 노래했던 순간을 잊으면 안 되는 것이다. 윤동주의 '서시'로 해설을 마무리하려는 이유는 김설 시인이 시를 쓰는 동안, 바로 이 순간을 영원히 잊지 말았으면 하는 간절한 염원 때문이다. 그 순수하고 부끄러운 영혼으로 하늘과 땅, 우주를 통찰하는 시를 쓰고 영혼의 물꼬를 터 나갔으면 하는 바람이다.

자연과 우주와 사람을 대할 때마다 겸허하고 따뜻하고 연민 어린 시선으로 품어 주며 생명의 언어를 발견하는 시를 쓰고 시를 살았으면 한다.

누구보다 스스로에게 부끄럽지 않은 언어의 행간을 한 칸 한 칸 채워 나가는 시인의 삶으로 '아주심기'를 완성해 나가길 바란다.